国家出版基金项目
NATIONAL PUBLICATION FOUNDATION

记住乡愁

——留给孩子们的中国民俗文化

刘魁立◎主编

第五辑 口头传统辑（一）

鲁班传说

杨一红◎编著

本辑主编 林继富

黑龙江少年儿童出版社

编委会

序

亲爱的小读者们，身为中国人，你们了解中华民族的民俗文化吗？如果有所了解的话，你们又了解多少呢？

或许，你们认为熟知那些过去的事情是大人们的事，我们小孩儿不容易弄懂，也没必要弄懂那些事情。

其实，传统民俗文化的内涵极为丰富，它既不神秘也不深奥，与每个人的关系十分密切，它随时随地围绕在我们身边，贯穿于整个人生的每一天。

中华民族有很多传统节日，每逢节日都有一些传统民俗文化活动，比如端午节吃粽子，听大人们讲屈原为国为民愤投汨罗江的故事；八月中秋望着圆圆的明月，遐想嫦娥奔月、吴刚伐桂的传说，等等。

我国是一个统一的多民族国家，有 56 个民族，每个民族都有丰富多彩的文化和风俗习惯，这些不同民族的民俗文化共同构筑了中国民俗文化。或许你们听说过藏族长篇史诗《格萨尔王传》

中格萨尔王的英雄气概、蒙古族智慧的化身——巴拉根仓的机智与诙谐、维吾尔族世界闻名的智者——阿凡提的睿智与幽默、壮族歌仙刘三姐的聪慧机敏与歌如泉涌……如果这些你们都有所了解，那就说明你们已经走进了中华民族传统民俗文化的王国。

你们也许看过京剧、木偶戏、皮影戏，看过踩高跷、耍龙灯，欣赏过威风锣鼓，这些都是我们中华民族为世界贡献的艺术珍品。你们或许也欣赏过中国古琴演奏，那是中华文化中的瑰宝。1977年9月5日美国发射的"旅行者1号"探测器上所载的向外太空传达人类声音的金光盘上面，就录制了我国古琴大师管平湖演奏的中国古琴名曲——《流水》。

北京天安门东西两侧设有太庙和社稷坛，那是旧时皇帝举行仪式祭祀祖先和祭祀谷神及土地的地方。另外，在北京城的南北东西四个方位建有天坛、地坛、日坛和月坛，这些地方曾经是皇帝率领百官祭拜天、地、日、月的神圣场所。这些仪式活动说明，我们中国人自古就认为自己是自然的组成部分，因而崇信自然、融入自然，与自然和谐相处。

如今民间仍保存的奉祀关公和妈祖的习俗，则体现了中国人崇尚仁义礼智信、进行自我道德教育的意愿，表达了祈望平安顺达和扶危救困的诉求。

小读者们，你们养过蚕宝宝吗？原产于中国的蚕，真称得上伟大的小生物。蚕宝宝的一生从芝麻粒儿大小的蚕卵算起，中间经历蚁蚕、蚕宝宝、结茧吐丝等过程，到破茧成蛾结束，总共四十余天，却能为我们贡献约一千米长的蚕丝。我国历史悠久的养蚕、丝绸织绣技术自西汉"丝绸之路"诞生那天起就成为东方文明的传播者和象征，为促进人类文明的发展做出了不可磨灭的贡献！

小读者们，你们到过烧造瓷器的窑口，见过工匠师傅们拉坯、上釉、烧窑吗？中国是瓷器的故乡，我们的陶瓷技艺同样为人类文明的发展做出了巨大贡献！中国的英文国名"China"，就是由英文"china"（瓷器）一词转义而来的。

中国的历法、二十四节气、珠算、中医知识体系，都是中华民族传统文化宝库中的珍品。

让我们深感骄傲的中国传统民俗文化博大精深、丰富多彩，课本中的内容是难以囊括的。每向这个领域多迈进一步，你们对历史的认知、对人生的感悟、对生活的热爱与奋斗就会更进一分。

作为中国人，无论你身在何处，那与生俱来的充满民族文化DNA 的血液将伴随你的一生，乡音难改，乡情难忘，乡愁恒久。这是你的根，这是你的魂，这种民族文化的传统体现在你身上，是你身份的标识，也是我们作为中国人彼此认同的依据，它作为一种凝聚的力量，把我们整个中华民族大家庭紧紧地联系在一起。

《记住乡愁——留给孩子们的中国民俗文化》丛书，为小读者们全面介绍了传统民俗文化的丰富内容：包括民间史诗传说故事、传统民间节日、民间信仰、礼仪习俗、民间游戏、中国古代建筑技艺、民间手工艺……

各辑的主编、各册的作者，都是相关领域的专家。他们以适合儿童的文笔，选配大量图片，简约精当地介绍每一个专题，希望小读者们读来兴趣盎然、收获颇丰。

在你们阅读的过程中，也许你们的长辈会向你们说起他们曾经的往事，讲讲他们的"乡愁"。那时，你们也许会觉得生活充满了意趣。希望这套丛书能使你们更加珍爱中国的传统民俗文化，让你们为生为中国人而自豪，长大后为中华民族的伟大复兴做出自己的贡献！

亲爱的小读者们，祝你们健康快乐！

二〇一七年十二月

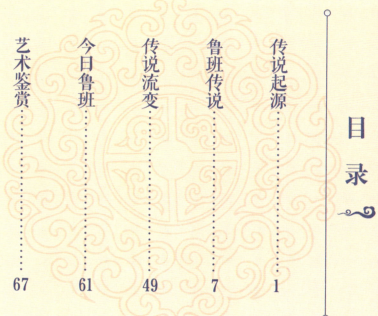

目 录

传说起源

| 传说起源 |

在东周以前，中国的土木工匠们一直从事着原始的、繁重的劳动，直到有一位伟大的创造发明家利用他的智慧创造出许多灵巧工具，他们才从那些枯燥乏味的劳动中解脱出来，这个人就是鲁班。

鲁班（公元前507年—公元前444年），春秋时期鲁国人，姬姓，公输氏，字依智，名班，人称公输盘、公输般、班输，尊称公输子，又称鲁盘或者鲁般，惯称"鲁班"。他对工艺制造做出了杰出的贡献。鲁班的名字实际上已经成为古代劳动人民智慧的象征。

| 济南鲁班祠

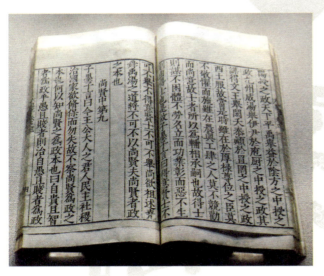

《墨子》古籍

最早记载鲁班事迹的是《墨子》，其中有"公输盘为楚造云梯之械，成，将以攻宋""公输盘九设攻城之机变""作为钩拒之备""削竹木以为鹊，成而飞之，三日不下，公输子自以为至巧"等记载，体现了鲁班技艺之高超。之后的宋卫《礼记集说》说："奇技奇器，总谓般也。"意思是我国传统奇巧技术和器械的总代表是鲁班。明代许相卿《云村集》说："公输子圣于巧。"鲁班是发明创造巧妙器械的圣人。另外在《礼记·檀弓》《风俗通义》《水经注》《述异记》《西阳杂俎》以及一些笔记和方志中也有对鲁班事迹的记载。

鲁班的故事得以流传是有多方面原因的。

首先，鲁班生活的时代正是我国奴隶制社会向封建社会逐步转变的时期。当时被奴隶主控制的官府手工业逐渐放宽了限制，很多手工业奴隶获得了一定程度的自由，并且出现了比较独立、自由的手工业者。手工业有了进一步的发展，手工业的分工也越来越细，这些构成了鲁班传说形成与发展的土壤和社会基础。

其次，当时的经济是以自然经济为主，工匠们不仅社会地位很低下，而且行业之间也有着高低贵贱之分。木匠、石匠等多个行业的工匠们为了提高本行业的地位，选择了鲁班作为他们的祖师爷，并千方百计抬高和夸耀祖师爷的能力和地位。工匠们把自己或他人的建筑工程或其他手工业生产中的发明创造，以及他们征服自然、改造自然的功绩都附会到了鲁班身上，从而达到"物因人而著名，人因物而不朽"的效果。

再次，在长期的封建社会中，人们不能掌握自己的命运，只有在集体创作的传说中才能充分表现出自己的尊严和价值，正是通过对鲁班的成就的传播和歌颂，人们获得了精神上的鼓舞和激励。同时，在当时的社会条

｜济南鲁班祠建筑飞檐｜

件下，人们对自然和社会的认识不够，很多自然现象不能用科学的观点加以解释。比如屋主认为鲁班会惩罚那些使用黑巫术的工匠，把他看作压服工匠巫术的神灵，工匠们则希望鲁班保佑屋主永远昌吉，借对鲁班的供奉来表示自己对屋主的诚意，谋求他人的认可。在这种情况下，传说的创造者和传播者趋利避害的心理成就了鲁班传说的产生与盛传。

这些原因使鲁班的事迹在古籍记载中比较多，民间关于他的传说也数不胜数，并最终使他成为一位无所不能的能工巧匠，成为木匠、石匠等匠人世代相传的行业崇拜对象。鲁班在今天的土木建筑行业中仍然拥有重要地位。

鲁班传说

| 鲁班传说 |

鲁班出身于世代工匠的家庭，从小就跟随家里人参加过许多土木建筑工程的劳动，逐渐掌握了生产劳动的技能，积累了丰富的实践经验。春秋和战国之交，手工工匠获得了一定程度的自由。在此情况下，鲁班在机械、土木、手工工艺等方面有所发明。鲁班很注意对客观事物的观察和研究，他受自然现象的启发，致力于创造发明。他一生都注重实践，善于动脑，在建筑、机械等方面做出了很大贡献。由于成就突出，建筑工匠一直把他尊为"祖师"。

鲁班传说大致可以分为两类：一类是讲他发明创造的故事。比如，在木工工具方面，《事物绀珠》《物原》《古史考》等不少古籍中都有所记载，木工使用的很多工具器械都是他创造的，如曲尺（也叫矩或鲁班尺），又如墨斗、刨子、钻子、锯子等工具。在农业工具方面，《古史考》记载鲁班做了铲，《世本》中说鲁班制作了石磨，《物原·器原》又说他做了砻、碾子，这些粮食加工机械在当时是很先进的。在古代兵器方面，《墨子·鲁问》记载鲁班将钩改制成舟战用的"钩强"，楚国军队用此器与越国军队水战，越船后

鲁班发明的工具

【锯】　【墨斗】　【刨】　【斧】　【锛】

退就钩住它，越船进攻就推拒它。《墨子·公输》则记载他将梯改制成可以凌空而立的云梯，用以攻城。

另一类鲁班传说，是对这位历史人物的神化，是关于他修建各地著名桥梁、殿宇、寺庙等建筑的故事。这类传说大部分散见于野史杂记，将鲁班传诵得出神入化、无所不能，既表达了民间百姓、百工匠人对鲁班高超技艺的崇拜，也寄托了历代工匠希望提高自己征服自然、改进工艺的能力的期盼。

从终南山求学开始，到发明工具，再到修建建筑，通过一个个混合着历史和传奇的传说故事，鲁班的形象以鲜活的方式呈现在人们眼前。接下来我们将一起领略鲁班的风采。

鲁班学艺

鲁班年轻的时候，决心上终南山拜师学艺。他拜别了父母，骑马直奔西方，越过一座座山岗，蹚过一条条溪流，一连前行了三十天，直到前面没有了路，只见一座大山，高耸入云。鲁班想，可能是到终南山了。山上弯弯曲曲的小道有上千条，该从哪一条上去呢？鲁班正在为难，忽然看见山脚下有一所小房子，门口坐着一位老大娘在纺线。鲁班牵马上前，作了个揖，问："老奶奶，我要上终南山拜师学艺，该走哪条道上去呢？"老大娘说："这儿有九百九十九条道，正中间一条就是。"鲁班连忙道谢。他左数四百九十九条，右数四百九十九条，选正中间那条小道，策马跑上山去。

鲁班到了山顶，只见树林里露出一带屋脊，走近一看，是三间平房。他轻轻地推开门，屋子里破斧子、烂刨子摊了一地，连个落脚的地方都没有。一个须发皆白的老头儿正躺在床上睡大觉，打呼噜像擂鼓一般响。鲁班想，这位老师傅一定就是精通木匠手艺的神仙了。他把破斧子、烂刨子收拾在木箱里，然后规规矩矩地坐在地上等老师傅醒来。

直到太阳落山，老师傅才睁开眼睛坐起来。鲁班走上前，跪在地上说："师傅啊，您收下我这个徒弟吧。"老师傅问："你叫什么名字？从哪儿来的？"鲁班回答："我叫鲁班，从一万里之外的鲁家湾来的。"老师傅说："我要考考你，你答对了，我就把你收下；答错了，你怎样来还怎样回去。"鲁班不慌不忙地说："我今天答不上，明天再答。哪天答上来了，师傅就哪天收我做徒弟。"

老师傅捋了捋胡子说：

"普普通通的三间房子，几根大柁？几根二柁？多少根檩子？多少根椽子？"鲁班张口就回答："普普通通的三间房子，四根大柁，四根二柁，大小十五根檩子，二百四十根椽子。五岁的时候我就数过，师傅看对不对？"老师傅轻轻地点了点头。

老师傅接着问："一件手艺，有的人三个月就能学会，有的人得三年才能学会。学三个月和学三年，有什么不同？"鲁班想了想才回答："学三个月的，手艺扎根在眼里；学三年的，手艺扎根在心里。"老师傅又轻轻地点了一下头。

老师傅接着提出第三个问题："两个徒弟学成了手艺下山去，师傅送给他们每人一把斧子。大徒弟用斧子挣下了一座金山，二徒弟用斧子在人们心里刻下了一个名字。你愿意跟哪个徒弟学？"鲁班马上回答："愿意跟二徒弟学。"老师傅听了哈哈大笑。

老师傅说："好吧，你都答对了，我就得把你收下。可是向我学艺，就得使用我的家伙。可这家伙，我已经五百年没使用了，你拿去修理修理吧。"

鲁班把木箱里的家伙拿出来一看，斧子崩了口子，刨子长满了锈，凿子又弯又秃，都该拾掇拾掇了。他挽起袖子就在磨刀石上磨起来。他白天磨，晚上磨，磨得肩膀都酸了，磨得双手起了血泡，又高又厚的磨刀石被磨得像一道弯弯的月牙。他一直磨了七天七夜，斧子磨快了，刨子磨光了，凿子也磨出刃来了，一件件都闪闪发亮。他把这些工具送给老师傅看，老师傅看了不住地点头。

老师傅说："试试你磨的这把斧子，你去把门前那棵大树砍倒。那棵大树已经长了五百年了。"

鲁班提着斧子走到大树下。这棵大树可真粗，几个人都抱不过来，抬头一望，似乎快要顶到天了。他抡起斧子不停地砍，足足砍了十二个白天、十二个黑夜，才把这棵大树砍倒。

鲁班提着斧子进屋去见师傅。老师傅又说："试试你磨的这把刨子，你先用斧子把这棵大树砍成一根大椽，再用刨子把它刨光：要光得不留一根毛刺儿，圆得

像十五的月亮。"

鲁班转过身，拿斧子和刨子来到门前。他一斧又一斧地砍去了大树的枝，一刨又一刨地刨平了树干上的节疤，足足干了十二个白天、十二个黑夜，才把那根大椽刨得又圆又光。

鲁班拿着斧子和刨子进屋去见师傅。老师傅又说："试试你磨的这把凿子，你在大椽上凿两千四百个眼儿：六百个方的，六百个圆的，六百个棱的，六百个扁的。"

鲁班拿起凿子和斧子，来到大椽旁边就凿起来。他凿了一个又一个眼儿，只见一阵阵木屑乱飞。足足凿了十二个白天、十二个黑夜，两千四百个眼儿都凿好了：六百个方的，六百个圆的，六百个棱的，六百个扁的。

鲁班带着凿子和斧子去见师傅。老师傅笑了，他夸奖鲁班说："好孩子，我一定把全套手艺都教给你！"说完就把鲁班领到西屋。原来西屋里摆放着好多模型，有楼有阁有桥有塔，有桌有椅有箱有柜，各式各样，精致极了，鲁班的眼睛都看花了。老师傅笑着说："你把这些模型拆下来再安上，每个模型都要拆一遍，安一遍，自己专心学，手艺就学好了。"

老师傅说完就出去了。鲁班拿起这一件，看看那一件，一件也舍不得放下。他把模型一件件擎在手里，翻过来掉过去地看，每一件都认真拆三遍，安三遍。每天饭也顾不得吃，觉也顾不得睡。老师傅早上来看他，他在琢磨；晚上来看他，他还在琢磨。老师傅催他睡觉，他随口答应，却放不下手里的模型。

鲁班苦学了三年，把所有的手艺都学会了。老师傅还要试试他，把模型全部毁掉，让他重新造。他凭记忆，一件一件都造得跟原来的一模一样。老师傅又提出好多新模型让他造。他一边琢磨一边做，结果都按师傅说的式样做出来了。老师傅非常满意。

一天，老师傅把鲁班叫到跟前，对他说："徒弟，三年过去了，你的手艺也学成了，今天该下山了。"鲁班说："不行，我的手艺还不精，我要再学三年！"老师傅笑着说："以后你自己边做边学吧。你磨的斧子、刨子、凿子，就送给你了，

你带走用吧！"

鲁班舍不得离开师傅，可是知道师傅不肯留他了，他哭着说："我给师傅留些什么东西呢？"老师傅笑着说："师傅什么也不要，只要你不丢师傅的脸，不坏师傅的名声就足够了。"

鲁班只好拜别了师傅，含着眼泪下山了。他永远记着师傅的话，用师傅给他的斧子、刨子、凿子，给人们造了许多桥梁、机械、房屋、家具，还教了不少徒弟，留下了许多动人的故事，所以后世的人们都尊他为木工的祖师。

知识卡片：

终南山：山名，秦岭主峰之一，在陕西西安之南。古名太乙山（太一山）、地肺山、中南山、周南山，是道教全真派发祥圣地。

为墨子所屈

鲁班生活的年代，正值诸侯争霸，战争连年不休。楚国国王命令鲁班制造攻城的器械，助楚国攻宋。

那时，每个城市都修有很高很厚的城墙。守城的将士们关上城门，站在城墙上守卫着。而攻城者手中的武器不过是弓箭、长矛之类，很难将城攻下。常常是把城围了多日，却攻不下来。鲁班想来想去，想起了自己盖房子时用过的短梯。踏着短梯，能登上房顶，造一个长梯，不就可以爬上高高的城墙了吗？如果在梯子上还能射箭，不就可以打败守城的人了吗？于是，鲁班造出了"云梯"。这种云梯能在地上架起来，够得上高高的城墙，上面还可以站人射箭。

鲁班还为楚国的水军发明了"钩"和"拒"，当敌军处于劣势时，"钩"能把敌军的船钩住，使其无法逃跑；当敌军处于优势时，"拒"能抵挡住敌军的船只，使其无法追击。楚军有了钩和拒后，无往不胜，鲁班也成了当之无愧的军工专家。

墨子（生活于春秋战国时期，墨家学派的创始人，战国时期著名的思想家、教育家、科学家、军事家）听说楚国要攻打宋国，前来阻拦楚国出兵，墨子是主张和平、反对战争，鼓励人们相敬相爱、仁义至上的。

鲁班对墨子说："我有舟战的钩拒，你的'义'也有钩拒吗？"墨子回答："我是用爱来钩，用恭来拒。你用钩钩人，人家也会钩你；你用拒拒人，人家也会拒你。你说'义'的钩拒，难道不

| "钩拒"之战 |

17

钩拒

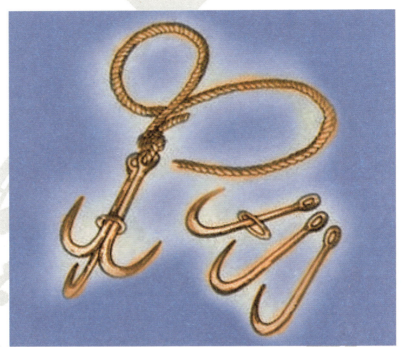

比'舟'的钩拒强吗？"鲁班无言以对。

鲁班又拿出他的发明：一只木鹊，它可以连飞三天而不落地。墨子却说："这木鹊还不如一个普通工匠顷刻间削出来的一个车辖，车辖一装在车轴上，车子就可以负重五十石东西；而你的鹊有何实际作用呢？木匠做的东西，有利于人的称为巧，无利于人的只能叫作拙。"鲁班听完，深知墨子的哲理。

随后，墨子在楚王宫中用腰带模拟城墙，以木片表示各种器械，同鲁班演习各种攻守战阵。鲁班组织了多次进攻，结果都被墨子击破。鲁班攻城器械用尽，墨子守城器械还有剩余。最终鲁班心服口服，而楚王也放弃攻宋。

知识卡片：

云梯：今指攀援登高工具的一种，主要做消防和抢险等用途。古代属于战争器械，是攀越城墙攻城的用具。

钩拒：主要是古代用于水战的战争工具，可钩住或阻碍敌方战船。因长杆顶端装有铁钩，战时还可以往城墙头上一搭，人就能顺着杆子攀登上去。

开锯齿

据说，当初鲁班用的锯条是平口，没有齿的，锯什么东西只好慢慢锉（lù，细密而又耐心地磋磨骨角铜铁等材料），又慢又吃力。

一天早晨，鲁班锯木头，锉得满头大汗才锉了寸把深。鲁班擦擦汗水，叹口气，又闷着头锉。这时，鲁班的妻子正拿着木梳梳头。鲁班的妻子人长得美丽，还十分聪明，看鲁班吃力的样子，心里很不好受，也没心思梳头了，手里的木梳就在头上乱梳。没留意，一梳子梳重了，划破了头皮。唉！头皮一痛，鲁班的妻子心里一亮：这倒是个好法子。于是，她叫鲁班把锯条给她。

鲁班的妻子用菜刀在锯条上斩了许多口子，像一排梳齿。鲁班一看："好好的锯条，被你斩成这样，多难看呀！"

鲁班的妻子说："别管难看不难看，你拿去试试看嘛！"

鲁班用这开了齿的锯条锯木头，只听"沙沙沙"木屑直飞，转眼之间锯了尺把深，又快又省力。从此，

| 锯子 |

鲁班和徒弟都用有齿的锯条了。

用上有齿的锯条干活儿是快多了，但锯到大木头，一个人锯起来还是很吃力。

一天，鲁班的妻子看见了，说："木梳嘛，自己举手梳就行了。你们锯这大木头，不能两个人搭伙锯吗？"大家觉得这个主意不错，就造了大锯条，搭起架子拉大锯。这样，再大的木头也好锯了。

知识卡片：

锯子：用来切割木料、石料、钢材等工具，用钢片制成，边缘有尖齿。

刨子

鲁班整天和木头打交道。他的技术很高，特别善于用斧头，能几下就把木料砍成需要的样子。但是，用斧子把木料砍得光光滑滑，鲁班却办不到，特别是碰到木纹粗和疤节多的木料时，就更难了。为了解决这个问题，鲁班白天琢磨，夜里想，他先是做了一把薄的斧头，磨得很快，砍起来比以前是好多了，可还是不理想。

于是，鲁班又磨了一把小小的薄薄的斧头，上面盖了块铁片，只让斧头露出一条窄刃。这回，鲁班不砍了，他用这窄刃在木料上推。一推，木料推下来薄薄一层木片。推了十几次，木料的表面又平整又光滑，比过去用斧子砍可强多了。可这东西拿在手里推时既卡手又使不上劲儿。鲁班又做了一个木座，把它装在里面。刨子，就这样诞生了。

| 刨子 |

知识卡片：

刨子：推刮木料等使之平滑的工具。用来刨直、削薄、出光、做平物面的一种木工工具。

"班母"和"班妻"

鲁班在家做工，时时要在木料上弹墨线，因为木料长，一个人管不过来，常常请老母亲帮忙，拉着墨线的

| 班母 |

一头，好把墨线弹在木料上。一次两次不要紧，日子一长，老耽误他的母亲纺棉花。有一天，他的母亲趁着鲁班不在，把墨线头上拴上了一个木钩，钩住木料的一头。鲁班回来，看这办法很好，一个人便可以弹墨线了，这样便创造了墨线头上的木钩。今天虽换成了铁钩，名字并没有改，木匠师傅们为了纪念鲁班母亲的创造，就叫它"班母"。

鲁班在家做木工时，也常常让妻子来帮忙，让她用手在长板凳上顶着木料，这样刨（指用刨子或刨床刮平木料或钢材等）起来，木料才不动弹。有一天，鲁班的妻子忽然想到，如在长板凳

| 班妻 |

| 班母 |

上钉上个木橛子（泛指物体表面能起到固定、悬挂、支撑等作用的短棍），不就可以顶住木料了吗？她把这个想法告诉鲁班，鲁班觉得很好，便把木橛子钉在长板凳上，代替了妻子的工作。直到今天，这种木橛子还叫作"班妻"呢。

知识卡片：

班母：木匠用墨斗画线，墨线的一端用来固定的小钩子，被人敬称为"班母"。

班妻：木匠刨木板时，用来顶住木料的卡口，被人称为"班妻"。

黑线、白线、红线

过去，人们无论做什么活儿，都凭两只眼睛看。比如要做一张桌子，眼睛一看哪处高，就用刨子刨它几下。这样做出来的活儿总不能很规矩，不是偏了斜了，就是高低不平。

为了把活儿干好，鲁班教给徒弟木匠学会了用墨斗。每次做活儿以前，先按尺寸画好线，然后按线锯开木料，用刨子刨光。这样做，真是干净利落，做出的活儿整整齐齐，让人看着痛快。

木匠心想：要是瓦匠做活儿时也拉条线，砌出来的墙就不会那么歪歪扭扭了吧！于是，他便让手下的小木匠去找瓦匠，小木匠就一五一十地把师傅嘱咐的话告诉了瓦匠。瓦匠听了以后恍然大悟，说："对！师傅真有办法，砌墙先挂线，保准可以横平竖直。"木匠走了以后，瓦匠就直奔鲁班家里，想找师傅也要一根挂线用的绳子。他刚一迈进师傅家门便喊了两声："师傅！师傅！"没有听见答话的声音。瓦匠又往院子里走了两步，朝北屋又问："师傅在家吗？""不在。谁呀？"鲁班的妻子正在房里纳鞋底子，听见有人喊师傅，就一边纳着鞋底子，一边走出房来。一看是瓦匠，就问："你师父刚到东庄做活儿去啦，你这么着急，有什么事？"瓦匠便把来意向师娘说了一遍。师娘笑眯眯地说："这点儿事哪用得着找你师傅呢！我这里有很多线绳。"一边说，一边把自己纳鞋底子的线绳揪下来一大段，递给了瓦匠。瓦匠非常感谢，伸手把师娘送的绳子接过来，施了个礼就走了。

瓦匠用师娘送给他的绳子，在砌墙的地基上先挂好，砌了两三行，一眼瞧去一条线，真是横平竖直，活儿干出来漂亮，真是让人高兴啊！这一天，他干活儿特别快。

木匠、瓦匠做活儿先放线的事，被石匠听说以后，他顾不得亲眼去看，就跑到师傅家去了。一进门就喊师傅。这时，鲁班没在家，鲁班的妻子也刚刚出去，家里只有鲁班的女儿鲁兰。鲁兰正在梳头，听到外面有人找她父亲，连忙出来，一看原来是石匠，就问："石匠哥哥有什么事呀？看你着急的样子。"石匠听说师傅不在，心凉了半截，心想：真倒霉，白跑了一趟。可又一想，不妨告诉鲁兰，让她转告一下师傅，于是就把自己的心事全盘说了出来。鲁兰一听，原来就是要一根绳子，这算什么大事呀！于是跑到屋里，从梳妆盒里取出一根很长的红头绳，一边递给石匠，一边说："石匠哥哥，给你这根绳子行吧？"石匠一瞧，多么鲜亮的红绳子呀！伸手便接了过来，说了句："谢谢你，鲁兰妹妹。"就跑出门去。

直到现在，我们还可以看到，木匠画线是用黑线，因为鲁班给他的是墨斗；瓦匠挂线是用白线，因为当年师娘给他的是白色的纳鞋底子的绳子；而石匠如今还在沿用着当年鲁兰妹妹给的那种红头绳呢！

杵臼成碾

相传在六千年以前人们就开始用石头将谷物压碎或者碾碎。四千多年以前，人们发明了一种被称为"杵

向鲁兰要线

臼"的碾米工具。但杵臼比较费时费力，每次只能舂少量谷物，时间一长会让人腰酸背痛。

有一天，鲁班牵着一头小黑驴走到了一户人家门口，看见一个妇人正用杵舂

25

| 杵臼 |

（把东西放在石臼或乳钵里捣掉皮壳或捣碎）米。那杵是个像棒槌似的圆木棒，上头细，下头粗；那臼呢，是块石头凿了个坑窝。妇人把粮食放在臼里，忙了老半天，一把米都没舂出来。鲁班见她舂米很吃力，心想：我难道就不能给姐妹们想个法子造个比杵臼好用的东西吗？正想着，他牵的那头小黑驴一蹄子就把那个圆臼踢倒了，圆臼骨碌碌地从簸箕上

滚过去，碰洒了粮食，又从粮食上轧了过去。这时候，鲁班一边向妇人道歉，一边瞅着被圆臼压碎了的粮食，乐得他拍了一下大腿，高声喊了起来："好了，好了，有门道了！"

那个妇人看把她的粮食碰洒了，本来就有几分不痛快，又见鲁班乐得直喊好，就更生气了，冲着鲁班就责问道："你这个人真不通情理，碰洒了人家的粮食还直叫好！"

鲁班连忙解释说："大嫂子，这回可好了，我给你造一个东西，你再也不用费那么大劲儿舂米了。"

鲁班从褡裢里掏出了钻子，选了一块大青石做了个碾盘，又按照圆臼的样儿做了个石滚子，把杆锯断，安

在石滚子两边，套上了架子。做好了以后，鲁班把他牵来的那头小黑驴套上，就开始碾米了。这东西可真好使呀，过去一天舂的米，用这个碾子一个时辰就磨完了。

那妇人可开心了，鲁班也笑了。就这样，人世间出现了第一盘碾子。鲁班不仅留下了碾子，也留下了用驴子拉碾子的方式。从那以后，家家造碾子，家家养驴子，人们吃米面再也不用一杵杵地舂了。

知识卡片：

杵臼：舂捣粮食或药物的工具。杵，舂米或捶衣的木棒。臼，舂米的器具，用石头或木头制成，中间凹。

石磨：用于把米、麦、豆等粮食加工成粉、浆的一种工具。

| 石磨 |

造伞

从前没有伞，人们出门行路很不方便。太阳底下晒得要死；遇到大雨，又会淋得像落汤鸡。

鲁班的妻子看见了，心里难过，对鲁班说："人人都说你手艺好，人们出门日晒雨淋的，你不能想个法子吗？"

鲁班答应想办法，师徒们一合计，就在路上造了歇脚亭，十里一个亭子。

亭子造好了，请鲁班的

27

造伞

妻子来看。鲁班说："这法子不错吧，又遮太阳，又能躲雨。"

鲁班的妻子看了摇摇头说："歇歇脚是不错，但是出门的人不能老等在亭子里不走啊！"

本来鲁班正高兴呢，听妻子这么一说，倒没主意了。

"你有好主意你去想，难不成要一步一个亭子吗？"

"一步一个亭子？"鲁班的妻子一听，倒真有好主意了，她一点儿也不生气："好，我去试试看。"

鲁班的妻子仔细看看亭子，回到家里，用竹子做骨架，扎成小亭子的样子，再糊上油纸。这东西轻轻巧巧的，架子又是活的，用时就撑开来，不用就收起来，这就是伞。做好后，鲁班的妻子撑着伞走到鲁班面前："你看，这不是一步一个亭子嘛！"

鲁班一看，又惊又喜，连说："佩服，佩服！"

人们从此就有伞了。直到现在，伞的花样多了，但撑开来，还是像个小小的亭子。

门

从前，人们住的房子都没有门。没有门，挡不住风吹，也防不了野兽豺狼的袭击。风吹来，只好用木板等物件去塞住；野兽来了，也只好拿家具挡住，使它不能进来。

鲁班决心替大家想个办法，给大家能装上门，要关能关上，要开就能打开。他马上动身，要去把这个办法告诉一个住在深山中的老头儿。

话说这一天，那位住在深山里的老头儿一家人正在数自己家养的羊。啊！又少了三只，还不是昨晚又被狼吃掉了。一家人都很伤心，却想不出办法防止狼进来。

正在这时，来了个白发老头儿。他见大家很悲伤，就坐下来，问："什么事值得这样愁眉苦脸？"老婆婆看了他一眼，便说了狼吃羊的事。白发老头儿笑了笑说："这还不容易！装上个门，夜晚把它关上就行了。"老婆婆说："做了门呀，可就是关不住，只要用力一撞，门板就翻到一边去了。"白发老头儿说："我这个老头子本来也没什么力气了，风都吹得倒。可是我呀，有了这根拐杖，谁用力拉我，我便跟着拐杖转，就不会跌倒了。"说着，他站起来，用拐杖支住地就转起来了。

说完，白发老头儿要走了，他说他是鱼日村的。

老头儿和老婆婆起身送走白发老头儿回来，他们的小孙子一边抱住老婆婆的腿，一边说："奶奶，刚才那位老爷爷这样转真好看。"说完他也找一根棍子，放在白发老头儿转的那个洞眼里转起来。

老头儿忽然眼睛一亮，拍手叫道："啊，多高明！"他对老婆婆说："现在可以装上个活门了。"老婆婆不相信，他又说："你看，门板一边装根棍子，再做两个挖眼儿的斗子，棍子能够在里面转，门不就跟着转动起来了？这样，要关就关，要开就开，就像刚才那位老人所说的那样转，多好！"老婆婆也说："这样行！"

第二天，老头儿就把门装好了，确实很方便，再做个门闩，就可以放心了。

许多人都来他家看新做的门，看后都称赞不绝，大家都说老头儿脑筋灵。老头儿说："不是我的脑筋灵，这是一个白发老人教给我的。"于是大家又问他，白发老人是哪里来的，老头儿说："他自己说是鱼日村的。"人们都惊叫起来："鱼日村，是不是鲁村？那白发老人一定是鲁班了！"老头儿也说："一定是！一定是他给大家想出了这么好的法子。"人们从心眼儿里感激鲁班。

从那时起，人们就都装起活门了，一直用到现在。

造船

古时候，海里的鱼呀、虾呀多得密密麻麻。俗话说，"靠山吃山，靠海吃海"，那时，你如果去捕一天的鱼，或者打一天的猎，保管你三天也吃不完。可要是没有船，那东西再多，捞不到手也是白搭，所以海边无船百姓的生活其实过得很苦。

后来，世上出了个鲁班，什么木匠、石匠、泥水匠这些活儿，样样都很精通。鲁班的妻子也是个心灵手巧的人，有时还给鲁班出主意，是个好助手呢！海边的百姓听说鲁班是个了不起的匠人，又肯帮助别人，就三番五次地请他给造个能出海捕鱼的工具。鲁班日思夜想费了好多心血，想了做，做了又想，可是，始终想不出个巧办法能让像木头房子一样的家伙在水面上漂。鲁班的妻子也给他出了许多主意，还是做不出来。说来也巧，一天，鲁班的妻子到河边去洗衣裳，把她的一双鞋放在河堤上，忽然，刮起了旋涡风，一下子把她的鞋吹到河里去了。一阵风过去，鲁班的妻子定睛一看，唉呦！鞋子漂在河里。她心里一着急，三步并作两步就跳到河里去捞，鞋子却一会儿漂到河这边，一会儿又漂到河那边。鲁班的妻子看见鞋子不沉底，突然想起造船的事来，定神看着鞋子漂了一会儿，才捞起鞋子回家。

鲁班的妻子一路走一路想，却想不出个缘由。回到家里，又把鞋子拿在手里细

| 船 |

| 漂起的鞋 |

妻子这才把事情讲了一遍，最后说："鞋子落水不沉，你看到底是什么原因？稀奇就稀奇在这里。"鲁班一听，接过鞋子细细一看，忽然像发现了什么东西似的，大声叫了起来："一是空心，二是不漏水；空心又不漏水，就不会沉底！"说着，鲁班把鞋子往荷包里一塞，就要往外走。鲁班的妻子连忙叫起来："你看你，湿鞋子也往荷包里塞！"鲁班低头一看，不禁笑了，说："真是！我还以为是我的烟盒子呢！"接着，鲁班的妻子说："你看，我们要不要造一个像鞋一样的东西？""对，刚才我就有这个想法！"鲁班回答说。从那天起，鲁班就白天黑夜地干，仿照鞋的样子造了一只小船。小木船

细地揣摩，鲁班喊她吃饭，她也不理。鲁班觉得有些奇怪，就说："那鞋子有什么稀奇的，看得连饭也不想吃了？""这鞋子就是稀奇哩！"鲁班的妻子说。鲁班又追问一句："到底稀奇在哪里？你说说看。"鲁班的

造好了，夫妻俩把它抬到海里，小木船真的漂起来了。于是，鲁班又按照小木船仿造了大木船，里边还装了好多东西，拖到海里一试，大木船也漂起来了。夫妻俩高兴极了，一起跳上去划船，大木船漂来漂去的，好不自在！

夫妻俩后来又造了好多船，送给海边的百姓。从此，海上才有了船，海边百姓的生活也有了依靠。

五台山的悬空寺和赵州石桥

鲁班修建了许多庙宇、宝塔和桥梁，他的手艺天下人没有不知道的。其实，他妹妹的手艺也非常好，但知道的人却很少。他妹妹有点儿不服气，有一天就和鲁班说："咱们的手艺从来没有较量过，也说不清谁高谁

鲁班造船

低，为什么你的名气就这样大呢？咱们得比一比，分个高下！"

鲁班从来不计较这些，就说："有什么可比的呢？就算你手艺高吧！"

他妹妹说："那可不行！若不比一比，就算我手艺高，可你不甘心，别人也不服气！"

鲁班说："那怎么个比法呢？"

两人商量了半天，约好各自在五台山上修建一座悬空寺，就是靠着山支架子，悬空修建一座大庙。工程自然是越大越好，越精巧越好，可是必须一夜修成。倘若到了天明，鸡叫还没修好，那就算输了。

那一天，掌灯的时候，两人就分头施展本领，动手修起来。鲁班首先挑选出无数的大石头来，凿得平平的，磨得光光的，花样儿非常多。若修建起来，一定很雄壮，很好看，是世间少有的大庙宇。两人修到半夜三更的时候，他妹妹不放心，就偷偷来看，只见鲁班修得又快又好，眼看就要比过自己了。她心里非常着急，就想了个办法，悄悄地跑到她哥哥那儿去，偷着学起鸡叫来。

鲁班已经把石头都准备好了，再一动手，就可以把庙宇修建起来，可是听见鸡叫，以为是天亮了，就停工不再修了。所以这次比赛，妹妹赢得了胜利。

现在五台山上那座工程浩大的悬空寺，就是鲁班的妹妹建成的。

鲁班没有修成悬空寺，

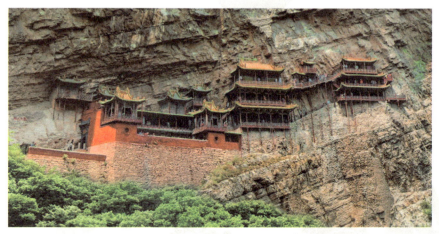

挑选出来的那些大石头留着也没有用了。他知道洨河上缺少一座石桥，人们往来很不方便，于是就把那些石头运往赵州去修石桥了。

传说，有一个庄稼人，半夜出来解手，远远地看见白花花的一大片云彩，贴着地面飞了过来。他觉得很奇怪，就蹲在旁边看。仔细一看，原来是一群又白又胖的大绵羊，后面有一个人赶着，正朝他这里走来。他心里想："嘿，好大的一群羊，又大又肥，一只恐怕有一二百斤！"他一时起了歹意，想偷一只。等羊群来到跟前，他就偷偷拉住一只，想拉回家去。不想那只羊非常重，他用尽力气也拉不动，那只羊根本不往前走。好在赶羊的人没有看见，赶着羊朝前走去，一会儿就没有影儿了。

那个庄稼人用尽力气拉住那只羊，一直拉到天亮。再仔细一看，哪有什么羊，原来是一块长方形的大石头！所以直到现在，赵州石桥的边缘上，还缺少一块石头。

石头运到后，不到一夜的工夫，鲁班就把那座石桥修起来了。石桥雄美壮观，结实牢靠！河两边的人，推车的、骑马的，来来往往再也不用摆渡了，非常方便。人们都高高兴兴地来看大桥，纷纷夸赞修桥的人。

恰巧张果老骑着他的小毛驴，还有柴王也推着一辆小车子从这儿经过。他们看见鲁班，就问："这桥是你修的吗？"

"不错，是我修的啊！"

"恐怕不够结实吧！承受得起我们从上面走吗？"

鲁班听了，不由得哈哈大笑起来，说道："任凭多重都可以，哪在乎一辆小车和一条小毛驴呢！"

| 赵州桥 |

柴王

　　"好，那我们就过桥啦！"

　　他们两个人，一条毛驴，一辆小车子，虽然不算重，可是他们都是神仙，张果老的驴褡裢里，一头装着日头，一头装着月亮，柴王的小车子里载着五岳名山。这座石桥虽然修建得结实牢靠，又哪里承受得了这些呢！所以桥摇摇晃晃，眼看就要塌了。

　　鲁班一看，赶紧跑到桥下，用手往上托着，这才没有压塌。

　　直到现在，桥上面的石头上还有驴蹄印儿和小车子沟儿，桥下面的石头上还有个大手印儿呢！

　　知识卡片：

　　张果老：中国古代神话传说八仙之中年龄最大的一

位神仙。他常倒骑驴，日行数万里。休息时即将驴折叠，藏于巾箱。

柴王：主管天界财富的天富星，是主管人间的财神，是人力车车帮、运输业驾驶员同业行会的祖师爷、保护神。

借龙宫

话说鲁班要建造一座天下最好看的房子。

鲁班建造房子的手艺天下第一，举世无双，但是，天下最好看的房子是什么样子呢？鲁班绞尽脑汁也想不出来。

鲁班就去问他父亲，父亲说："这有什么难的？就照着祖屋建造吧！"

祖屋确实蛮好看，但他认为祖屋不是天下最好看的房子。

鲁班又去问他师傅，师傅说："这有什么难的？就按照皇宫的样子建造吧！"

皇宫虽说金碧辉煌，但是鲁班觉得，天下最好看的房子，皇宫也不及。

当天晚上，鲁班回家去问妻子，鲁班的妻子听说鲁班要建造天下最好看的房子，就说："天下最好看的房子，我也没见过。我听说东海龙王的龙宫蛮好看，不如你到东海去，借个龙宫来做样子。"

"东海龙宫？多谢娘子提醒！那一定十分漂亮！我明日就去借！"

鲁班想着海底的珊瑚玉树，想得一整夜睡不着。第二天一大早，鲁班就跑到东海，向东海龙王借龙宫。

鲁班大名鼎鼎，东海龙王也不好推托，只得借给他："龙宫能够借给你，但是，三天期限一到，你就要还回来。"

"别那么小气嘛，难道就不能多借几天？"鲁班扛了龙宫回来，放在草地上，前面是水，后面是山。

大伙儿一见，都围过来观赏，人人都夸这龙宫真好看，红砖墙，绿瓦背，门窗雕着金花龙凤，用波浪做成屋檐，四个飞檐屋角最好看，高高翘起，就像长了四只大翅膀。有了四个飞檐，那龙宫也活了，立刻就要原地起飞似的。

"这龙宫，真是天下最好看的房子啊！"大伙儿都这样说。

鲁班目不转睛地看着龙宫，围着那龙宫转。

第一天，鲁班摸摸门，摸摸窗，又爬梯子去摸屋檐，喜欢得舍不得离开。他思量了大半天，还没来得及拿出纸和笔画图，天就黑了。

第二天，鲁班照着龙宫的式样画图纸，他画了擦，擦了又画，只觉得无论怎样画都没办法把龙宫的妙处画出来。太阳落山，月亮出来，鲁班刚刚把图纸画好，还没来得及吩咐徒弟买建筑材料，天就黑了。

第三天，鲁班吩咐徒弟买来建筑材料，开始赶工。但是，才刚刚打好地基，没来得及把房子建好，天就黑了。

时限就要到了，龙王立刻就要派人来要回龙宫了，这可怎样办呢？

鲁班心里很着急。他实在舍不得还这座龙宫，就想

|古代宫廷建筑
屋顶|

跟龙宫来的人说一说，让龙宫多留几天，让他多看几眼。他怕东海兵将不跟他打招呼，夜里偷偷来把龙宫取走，就拿来四串大铜铃，挂在翘起的屋角上；这还不放心，他又吩咐家里的大公鸡站在屋顶，让它一看到龙宫来人就大声叫唤。

果然，三更时分，东海龙王派龙太子和金鲤鱼大将来取龙宫了。

俗话说："龙布风，鲤行雨。"龙太子和金鲤鱼大将还没到，就吹来一阵大风，下了一场大雨。挂在屋角的铜铃叮当响起来，铜铃吵醒了鲁班，鲁班连忙叫徒弟们起身，在房子四角钉了四根大木桩。

刚刚钉好，龙太子和金鲤鱼大将就到了，它们用力搬，搬不动；用力推，推不动；用力拔，拔不起。站在屋顶上大公鸡见这情景，"喔喔喔"大叫起来。

太阳听到鸡叫便从东海升起来，一下子升得老高，龙太子急得爬上瓦背顶部，金鲤鱼急得用鱼头直撞门。但是无论它们怎样拉，怎样扯，怎样撞，龙宫还是一动也不动。

太阳晒得越来越热，龙太子无路可逃，在屋顶晒干了——龙头扑在屋角上，龙身沿着瓦背横卧着，龙尾晒干了，高高翘起来。

金鲤鱼被晒得耐不住，乱串乱跳，最后沾在大门上，弓着身子，张开大嘴，睁大了眼睛。

鲁班一看，觉得房子这个样貌十分棒，连忙照着样貌，把图纸画好了。

从那时起，房子都照这个样子建造了。

后来，鲁班把龙宫还回去了，龙宫一放进海水里，晒在屋顶的龙太子和沾在门上的鲤鱼便都活过来了。

三潭印月

有一年，鲁班带着他的小妹，到杭州来。他们在钱塘门旁边租了两间铺面，挂出"山东鲁氏，铁木石作"的招牌头像。招牌刚刚挂出，上门来拜师的人便把门槛都踏断了。鲁班挑挑拣拣，把一百八十个心灵手巧的年轻后生收留下来做徒弟。

鲁班兄妹的手艺巧极了，真是鬼斧神工，凿成的石狗会看门，雕出的木猫会捉老

西湖景致

鼠。一百八十个徒弟经他们指点，个个都成了高手。

一天，鲁班兄妹正在教徒弟们，忽然一阵黑风刮过，顿时天上乌云乱翻，原来是一个黑鱼精到人间来作祟了。黑鱼精一头钻到西湖中央足足有三百六十丈的深潭里。它在深潭里吹吹气，杭州满城鱼腥臭；它在深潭里喷喷水，北山南山下暴雨。就在这一天，湖边的杨柳折断了，花朵凋谢了，大水不断往上涨。

鲁班兄妹带着一百八十个徒弟，一起爬上了宝石山。他们朝山下望去，只见一片汪洋，全城的房屋都泡在臭水里，男女老少都逃到西湖四周的山上。湖中央转着一个巨大的旋涡，旋涡当中翘起一只很阔的鱼嘴巴，鱼嘴巴越翘越高，慢慢地露出整个大鱼头，鱼头往上一挺，蓦地飞起一朵乌云，升到天上。乌云飘呀飘呀，飘到宝石山顶上，慢慢落下来，里面钻出一个又黑又丑的后生。

黑后生滚动圆鼓鼓的斗鸡眼，朝鲁班的妹妹瞟了一眼："哈！漂亮的大姑娘，你做的啥行当？"

鲁班的妹妹说："你

黑鱼精闹事

问姑娘啥行当，姑娘是个巧工匠。"

黑后生把鲁班的妹妹从头看到脚："对了，对了！我看你亮亮的眼睛、弯弯的眉，想必能绫罗绸缎巧裁剪。走，跟我去做新衣。"

鲁班的妹妹摇摇头。

黑后生又把鲁班的妹妹从脚看到头："对了，对了！我看你苗条的身材、纤巧的手，想必有描龙绣凤好针线。走，跟我去绣锦被。"

鲁班的妹妹摇摇头。

黑后生猜来猜去猜不着，心里一想，眯起眼睛说："漂亮的大姑娘，不会裁剪不要紧，不会刺绣不要紧，你嫁到我家来，山珍海味吃不完，乐得享清福哩。"说着，伸手来拉鲁班的妹妹。

鲁班一榔头隔开他的手，喝道："滚开点儿！"

黑后生仍旧咧开大嘴，嬉皮笑脸道："我的皮有三尺厚，不怕你的榔头！大姑娘嫁了我，什么都好讲；大姑娘不嫁我，再涨大水漫山岗！"

鲁班的妹妹心里想：倘若再涨水，全城人的性命都保不住了。她眼珠转了两转，办法便有了，对黑后生说："嫁你不急，让阿哥替我办一样嫁妆。"

黑后生一听开心了："好姑娘，我答应，你打算办一样啥嫁妆呢？"

"高高山上高高岩，我让阿哥把它凿成一只大香炉。"

黑后生高兴得直拍大腿："好好好！天上黑鱼王，落凡立庙堂。有个你陪嫁的石香炉，正好拿它来收供养！"

鲁班兄妹俩商量了一会儿后，鲁班对黑后生说："东是水，西是水，怎么办呢？你先把大水落下去，我才好动手。"

黑后生张开阔嘴巴一吸，满城的大水竟飞了起来，倒灌进他的肚皮里去了。

鲁班指着山上的一块悬崖问黑后生："你看，把这座山劈下来凿只香炉怎么样？"

"好哩，好哩。大舅子，你快凿，凿得越大越风光！"

"香炉高，香炉大，重重的石香炉你怎么搬呢？"

"只要我抬抬脚，身后就会刮黑风，小小的石香炉算得了什么，就是一座山我也吸得动！"

躲避在四周山上的人都回家去了，鲁班他们便爬上那倒挂着的悬崖。鲁班抡起大榔头，在悬崖上砸下第一锤，他一百八十个徒弟，跟着砸了一百八十锤。"轰隆"一声，悬崖翻下来了。从此以后，西湖边的宝石山上便留下了一堵峭壁。

悬崖真大呀，这边望望白洋洋，那边望望洋洋白，怎么把它凿成滚圆的石香炉呢？鲁班朝湖心的深潭瞄了一眼，估好大小，就捏根长绳子，站在悬崖当中，让妹妹拉紧绳子的另一头，"啪嗒啪嗒"绕着跑了一周，妹妹的脚印儿便在悬崖上画了一个圆圈。鲁班先凿了大概的样子，一百八十个徒弟按照样子凿。凿了一天又一天，一共凿了七七四十九天，悬崖不见了，变成一只硕大的石香炉。圆鼓鼓的香炉底下，有三只倒葫芦形的尖脚，每个尖脚上都有三面透光的圆洞。

大石香炉凿成了，鲁班对黑后生说："你看，我妹妹的嫁妆已办好，现在就请你把它搬到湖里！"

黑后生要见新娘子。鲁班说："别忙，别忙，你先把嫁妆搬去摆起来，再打发花轿来抬。"

黑后生高兴极了，一个转身就往山下跑，他卷起的旋风竟把那么大的一个石香炉吸在后面骨碌碌滚。黑后生跑呀跑呀，跑到湖中央，变成黑鱼，钻进深潭里；石香炉滚呀滚呀，滚到湖中央，在深潭旁边的斜面一滑，"啪"一下子倒覆过来，在深潭里罩得严严实实，不留

翻滚的石香炉

三潭印月

一丝缝隙。

黑鱼精被罩在石香炉下面，闷得透不过气来；往上顶顶，石香炉一动不动；想刮一阵风，又转不开身子，没办法，只好死命往下钻。它越往下钻，石香炉就越往下陷……

黑鱼精终于闷死在湖底了，石香炉也陷在湖底的烂泥里，只在湖面上露出三只葫芦形的脚。

从此，西湖留下一个奇妙的景致：每年中秋节夜里，人们划船到湖中央去，在炉脚上那三面透光的圆洞里点烛火。烛光映在湖里，就现出了好几个月影。后来这地方便叫"三潭印月"。

知识卡片：

三潭印月：西湖十景之一，被誉为"西湖第一胜境"，三潭印月是西湖中最大的岛屿。岛南湖中建有三座石塔，相传为苏东坡在杭州西湖时所创设。而有趣的是塔腹中空，球面体上排列着五个等距离圆洞，若在月明之夜，洞口糊上薄纸，塔中点燃灯光，洞形映入湖面，呈现许多月亮，真月亮和假月亮其影确实难分，夜景十分迷人，故得名"三潭印月"。

传说流变

| 传说流变 |

各时代的鲁班

以汉代为分水岭，可以把有关鲁班传说的古籍记载大体分为两个阶段：秦朝及秦朝以前的记载为一个阶段；汉朝及汉朝以后为一个阶段。

先秦时期古籍中的鲁班及其传说相对来说比较少，但是很有特点。如《墨子·公输》中"公输盘为楚造云梯之械，成，将以攻宋""公输盘九设攻城之机变"的记载中有所提及，但鲁班在其中仅仅只是墨子的一个配角，他的出现是为了突出墨子的"非攻"主张，表现墨子反对侵略战争的思想和维护正义的精神。同样《墨子·鲁问》中的"公输子需削竹木以为鹊，成而飞之，三日不下"的记载，虽然"巧"，但在墨子看来"巧利于人谓之巧，不利于人谓之拙"。其后《孟子·离娄上》中记载的"离娄之明，公输子之巧，不以规矩，不能成方圆"，在这些记载中也并没有就鲁班及其事迹进行详细的记叙。

总体来看，这一时期的古籍记载中，想象的成分非常明显，但离事实的真相还不远。其次，这些记载多是一些侧面的评述性质的材料，而且贬多于褒。另外从

| 木兰舟 |

记载中可以推断出当时有关鲁班的民间传说已经比较普遍，但反映到文字材料中，则是零碎的、间接的，甚至可以说是附带的，这就是鲁班传说最初的形态。

从汉代及汉代以后，有关鲁班传说的记载在古籍中得到了进一步的丰富和发展，并且增添了不少新的内容。汉乐府相和歌《艳歌行》中就有他参与修建洛阳宫殿

的说法："谁能刻镂此？公输与鲁班。被之用丹漆，熏用苏合香。本自南山松，今为宫殿梁。"汉代《古诗》里则说他制造铜炉器，而且雕文精美。到了梁任昉的《述异记》则不仅提到浔阳江七里洲的木兰舟，天姥山上会飞的木鹤都是他的杰作，而且还提到他刻的石龟"夏则入海，冬复止于山上"。汉代以后，各地关于鲁班在其

他行业方面的传说、记载逐渐增多，到唐朝已经相当普遍，以至"今人每睹栋宇巧丽，必强谓鲁班奇工也"。从宋朝到元、明、清时期，鲁班传说不仅在原有的基础上对传说的内容做了完整的补充，而且把鲁班进一步神化。

汉代以后的鲁班已经不仅仅是一个技巧高超的匠人，还是个有政见的游说者、隐士和神仙。明代编纂的木匠经典《鲁班经》以及其后在木匠中广为流传的《鲁班书》是这一时期的代表作。

| 鲁班书 |

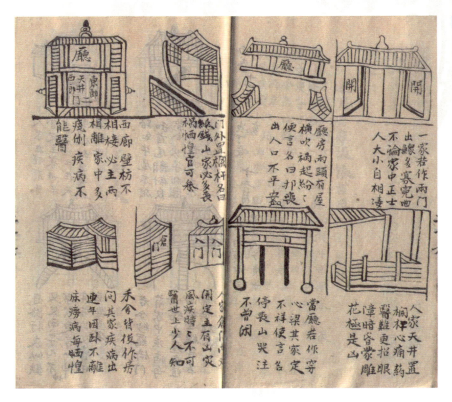

各地域的鲁班

传说的流传往往是由传说的发生地向四周辐射的。从地理区域来看，历史上的鲁班是鲁国人，他在历史记载中的主要活动区域也在鲁国及周边国家，即古代中原也就是现在的山东、河南、河北一带，这也是中原一带的鲁班传说比较多的原因。

鲁班传说的传播很广，在香港、澳门、台湾等地也有所流传。如香港的"三行"（泥水、木工、搭棚）工人把农历六月十六日定为"鲁班节"。台中和高雄两市有专门以"巧圣先师"为主神祭祀的庙宇，在每年的农历六月十三日举行祭祀仪式，俗称鲁班的诞辰纪念日。另外在我国的一些周边国家，如马来西亚，至今仍有专门的鲁班纪念堂。在这些对鲁班的祭祀中，鲁班传说也得

| 鲁班祠 |

以随之流传。

在不同地域的流传过程中，鲁班传说呈现出两个鲜明的特征：第一，传说的地方化趋势不断加强。由于每个地方都有自己独特的自然景物和风俗习惯，对于那些由外地传入的鲁班传说，民众喜欢将反映本地区山水风光的传说融入其中，将故事"本土化"。第二，鲁班传说的流传有不少得益于古代标志性建筑的存在。因为我国历代无主建筑广泛存在，人们喜欢借助鲁班的名声给建筑物增辉，这就为鲁班故事的流传创造了有利条件。

各民族传说中的鲁班

鲁班传说除了在汉族地区流传外，在白族、彝族、壮族、布依族、瑶族、水族、土家族、苗族、蒙古族、维吾尔族等少数民族地区也有所流传。而且流传到少数民族地区后，当地的民众又给传说增添了少数民族的风情、特色，寄予了深厚的民族感情。一些少数民族的群众还根据鲁班传说创作了有关鲁班的民间叙事诗、民间说唱、民间戏曲，进一步丰富了鲁班传说的内容，扩大了鲁班传说的影响。

例如，在瑶族传统歌谣中有一首表现广大瑶族人民崇敬、赞颂鲁班的叙事性长诗《歌唱鲁班》，一共一千一百多行。其中有这样的唱段：

鲁班原是天仙骨，
第八星君化鲁班。
鲁班一岁爷先死，
鲁班两岁母先亡。
上房大姐多爱我，

鲁班先师庙

广交行友游四方。
鲁班出在静江府，
教得广西个个精。
木匠若无鲁班教，
屋头屋尾一般平。
铁匠若无鲁班教，
打得锅鼎鲁米升。
银匠若无鲁班教，
龙凤金钗打不成。
裁缝若无鲁班教，
一条衫衿也难成。
泥水若无鲁班教，
屋檐屋顶一般平。
千般都是鲁班教，
若无鲁班教不成。

便将小孩做儿男。
大姐养我年七岁，
叔公把我看牛羊。
日间看牛在岭上，
百般计较在心肠。
芦荻架桥在水面，
芭茫起屋在深滩。
学得千般手艺会，

瑶族还有一部诗歌总集《盘王大歌》，其中的《鲁班造寺》有如下的唱段：

鲁班仙师起寺庙，
砍料凿眼声震天，
雕花刻字忙得纷纷转，
串枋排扇手不闲。

鲁班先师起寺庙，
高巧艺匠来修装，
七大金柱八大爪，
笔直高柱撑栋梁。
鲁班仙师造寺庙，
寺庙造得大又高，
龙鳞屋脊玻璃瓦，
白粉高墙把龙描。
鲁班先师真灵巧，
十三工匠工夫真，
楼上楼下雕龙凤，
壁上画花把春争。

在彝族著名长篇史诗《梅葛》中，《盖房》章里也有赞美鲁班的片段：

鲁班师傅定八卦，
凿子引了偏斧敲。
中柱上面贴对联，
对联口气有名堂。
竖起玉柱千年富，
挂起金梁万代足。
竖起柱子上任眼，

上起任眼上挂方。
一格房子四角落，
一帖一帖斗拢来。
老式房子五架梁，
新式房子九架梁。
老式房子两层楼，
新式房子三层楼。
中梁上面定八卦，
要请鲁班上中梁。
鲁班师傅上中梁，
边上榫头边开言。
中梁在山是树王，
请到家中做中梁。
中梁中梁架起了，
要请鲁班来跑梁。
主人敬奉新鞋子，
鲁班穿鞋跑中梁。
左手拿着亮洗凿，
右手拿着小偏斧。
鲁班跑在中梁上，
口说吉利手撒粮。
一把谷豆撒东方，

东方青龙降吉祥。

二撒南方丙丁香，

三撒西方保安康。

四撒北方乌鸦退，

五撒中央照华堂。

主人老幼梁下跪，

衣兜接谷口称谢。

竖起柱子上好梁，

泥匠师傅架墙方。

民间鲁班文化

在民间，鲁班传说也通过各种形式的演变进入人们的日常生活和艺术创作中。比如，有一种由人们集体创作并演出的载歌载舞、有唱有说、有故事情节和舞台表演的小型综合性艺术，叫民间小戏。文献记载里最早赞颂鲁班的民间小戏是河北的《小放牛》，里面是这样借赵州桥唱鲁班的：

问：赵州桥来什么人修

玉石栏杆什么人留

什么人骑驴桥上走

什么人推车压了一趟沟

麻咿呀嘿

什么人推车压了一趟沟

麻咿呀嘿

答：赵州桥来鲁班爷爷修

玉石栏杆圣人留

张果老骑驴桥上走

柴王爷推车压了一趟沟

麻咿呀嘿

柴王爷推车压了一趟沟

麻咿呀嘿

还有浙江淳安一代工匠在上梁时流传着一首《踏地歌》的彩画：

日出东方又转西，

东家择得好地基；

前面门对好朝山，

后边生得正来龙。

左边有个金银库，

右边有个聚宝堂。

祖师尊神来恭贺，

日头出来坐中堂。

东家造起高楼台，

鲁班先师下凡来。

前边造起青龙出海，

后边造起丹凤朝阳。

左边造起腾龙跃虎，

右边造起狮象把门。

世世发福，代代名扬。

还有一些民间俗语，又叫常用语、恒言、惯用语，是口头流传的，具有通俗、形象、鲜明、生动风格的定型语句，谚语、格言、名言警句、歇后语等也都属于俗语的范畴，实际上就是我们日常生活中常说的"口头语"。俗语反映着时代的风貌和人们的思想感情，几乎人类社会各个领域及日常生活的各个角落，都有它的踪迹和表现。

与鲁班有关的民间俗语非常丰富。例如：

成语：

绳趋尺步：绳、尺是指木工校曲直、量长短的工具，引申为法度；趋的意思为快走；步的意思为行走。指举动符合规矩，毫不随便。

绳之以法：绳即准绳，引申为制裁。这个成语的意思是以法律为准绳予以制裁或处治。

独具匠心：匠心指巧妙的心思。具有独特的巧妙心思，多指技术或艺术方面有创造性。也作"别具匠心"。

班门弄斧：在鲁班门前舞弄大斧，比喻在行家面前卖弄本领。

惯用语：

绳墨之起，为不直也（出自《荀子》）：绳墨是木工取直的工具。这句话的意思是，绳墨的出现是因为存在不直的东西。因为人有善恶，事有曲直，所以要设立礼法制度、道德准则、导恶为善、转曲为直，才能形成公序良俗。

不以规矩，不能成方圆（出自《孟子》）：规是圆规，矩是直尺。意思是说，如果不用直尺和圆规，是画不出方和圆的。比喻做事遵守规则，才能有良好的秩序。

大匠不为拙工改绳墨（出自《孟子》）：高明的工匠不因为拙劣的工人而改变或者废弃规矩。

轮匠执其规矩，以废天下之方圆（出自《墨子》）：做轮子的工匠用圆规和直尺来测定方和圆的形状。

歇后语：

鲁班的锯子——

不错（锉）

鲁班的手艺——

巧夺天工

鲁班皱眉头——

别具匠心

鲁班门前卖手艺——

忘了自个姓名

鲁班门前弄大斧——

充内行（献丑）

鲁班的儿子学木匠——

代代相传（门里出身）

今日鲁班

| 今日鲁班 |

现在，鲁班更是越来越受到人们重视，从全国各地专门修建的各种各样的纪念鲁班的场所就可以体现出来。而在鲁班的故乡山东滕州，还设有鲁班纪念馆，这是全国建筑体量最大、功能最全的纪念鲁班的专门场馆。

以鲁班为主题的各种学术研讨活动和为了纪念鲁班而进行的很多活动也充分体现了人们对鲁班信仰的传承，

| 鲁班纪念馆 |

比如：2008 年第七届国际墨子鲁班学术研讨会的召开；2008 年鲁班祭祀大典在湘潭市雨湖区鲁班殿隆重举行；2008 年山东省曲阜市隆重纪念鲁班诞辰 2515 周年，耗巨资重修巧圣鲁班庙宇；上海有一条街命名为鲁班街等等。

除此之外，在经济高速发展的这个时代，对鲁班信仰的最高推崇无疑是国家建设部的建筑质量最高奖"鲁班奖"（全称是"建筑工程鲁班奖"）。这个奖项 1987 年由中国建筑业联合会设立，主要是为了鼓励建筑施工企业加强自身的企业素质管理，激励建筑企业搞好工程的质量，从而推动我国整个建筑工程行业质量水平的提高，这些都是对鲁班的尊崇、信奉的形式，这一切都说明了鲁班信仰是受到政府、民众共同关注和重视的。

鲁班的影响也反映在社会文化生活中。比如 2015 年央视动画、深圳崇德动漫联合出品了《小小鲁班》动画片，将鲁班精神进行了全新演绎。与历史人物传记不同的是，这位"小鲁班"是一个身背神奇工具包、聪明且具有超强动手能力的小男孩儿，他和小伙伴们一起探索新世界，积极动手动脑，克服困难，共同成长。

而在国家对鲁班文化的认同方面，2008 年 6 月 7 日，鲁班传说经国务院批准列入

| 如皋著名景区水绘园风景区鲁班祠 |

第二批国家级非物质文化遗产名录。这应该是对鲁班传说及文化的一种肯定。

直到今天，人们还把一些出色的能工巧匠称为"活鲁班""小鲁班"，在民间称木匠为"鲁班师傅"也非常普遍。

艺术鉴赏

| 艺术鉴赏 |

鲁班传说是中华民族最著名的民间传说之一，其内容相当丰富，流传也相当广泛。它们通过对鲁班及其他工匠的描绘，热情讴歌了我国古代劳动人民发明创造、改造自然的聪明才智，以及各族人民之间的团结互助和深厚情谊，同时也揭露了当时各阶层之间的矛盾，向人民展示了一幅幅当时社会、生活、政治的画卷。

鲁班的艺术形象，无疑是民间文学中的一个具有中国作风、中国气派的能工巧匠的典型。他不但体现了我国劳动人民非凡的聪明才智和创造力，而且体现了我国劳动人民的正义感、斗争精神和传统美德。

鲁班传说之所以流传两千多年而不衰，与鲁班传说本身具有的价值是分不开的。首先，鲁班传说是由广大劳动人民自己创作的，反映了人们在生活中的亲身感受、经历、体验、思想和愿望的口头文学，在广大人民群众中有最深厚的根基，具有直接的人民性。不仅如此，鲁班传说还以生动的情节展示了广大人民对现实和历史的评价，反映了人民的爱憎情感和是非观念，表达了人民热爱祖国和热爱乡土的情感。其次，鲁班传说具有不容忽视的教育价值。虽然鲁班传说对工艺流程和具体的技术步骤并没有详尽的描写，但是人们在传播鲁班的事迹时，也传达了故事内涵的哲理和人生经验。另外，鲁班传说还有不可小觑的科学技术价值。这一方面体现在鲁班传说中的众多发明创造上，对木匠工艺的传承、技术革新等方面起到了重要作用；另一方面也体现在鲁班传说对现代科学技术发展的影响上，鲁班的神奇发明影响了许多今日的发明创造，如鲁班发明木鹊的传说，俨然是最早的对飞机的想象。

鲁班传说作为我国流传时间最长、地域最广、传说最多的工匠传说，是中国民间文学宝藏中的宝贵财富。两千多年来鲁班传说深入人心，而此后也将继续为我们的生活带来积极的影响，其中包含的进步的匠人精神也将薪火相传、代代不息。

|匠人精神|

图书在版编目（ＣＩＰ）数据

鲁班传说 / 杨一红编著 ；林继富本辑主编. -- 哈
尔滨 ：黑龙江少年儿童出版社，2020.2（2021.8重印）
 （记住乡愁 ：留给孩子们的中国民俗文化 / 刘魁立
主编. 第五辑，口头传统辑. 一）
 ISBN 978-7-5319-6536-7

 Ⅰ．①鲁… Ⅱ．①杨… ②林… Ⅲ．①民间故事—作
品集—中国 Ⅳ．①I277.3

中国版本图书馆CIP数据核字(2020)第011739号

记住乡愁——留给孩子们的中国民俗文化　　　　刘魁立◎主编

第五辑 口头传统辑（一）　　　　林继富◎本辑主编

鲁班传说 LUBAN CHUANSHUO　　　　杨一红◎编著

出 版 人：商　亮
项目策划：张立新　刘伟波
项目统筹：华　汉
责任编辑：高　彦
整体设计：文思天纵
责任印制：李　妍　王　刚
出版发行：黑龙江少年儿童出版社
　　　　　（黑龙江省哈尔滨市南岗区宜庆小区8号楼 150090）
网　　址：www.lsbook.com.cn
经　　销：全国新华书店
印　　装：北京一鑫印务有限责任公司
开　　本：787 mm×1092 mm　1/16
印　　张：5
字　　数：50千
书　　号：ISBN 978-7-5319-6536-7
版　　次：2020年2月第1版
印　　次：2021年8月第2次印刷
定　　价：35.00元